非人之戀

江戶川亂步 + 夜汽車

首次發表於《Sunday每日》1926年10月

江戶川亂步

明治27年（1894年）生於三重縣。畢業於早稻田大學。曾任雜誌編輯、新聞記者，以〈兩分銅幣〉登上文壇。主要作品有《怪人二十面相》、《少年偵探團》等。「少女的書架」系列中，除了本作之外，尚有《人間椅子》（江戶川亂步＋ホノジロトヲジ）、《與押繪一同旅行的男子》（江戶川亂步＋しきみ）。

夜汽車

插畫家。喜愛繪畫少女與19世紀末的插畫家。以製作出懷舊、沉穩氣氛的插畫為目標。著作有《刺青》（谷崎潤一郎＋夜汽車）、《民間舊書店的幻想裝幀畫》、《Illustration Making & Visual Book夜汽車》。

一

您應該還記得門野吧。那是我十年前去世的丈夫。經過了這麼多年，當我提起門野這個名字時，他仍然像是一個陌生人，儘管發生了那個事件，我也會有「那到底是怎麼一回事，會不會是一場夢呢」這樣的感覺。我嫁入門野家，是因為什麼樣的緣分，也不必多作說明了，我們在婚前並未相愛，那種淫蕩的事情並不存在，而是媒人勸說我的母親，再由母親轉告給我。我那時還是個天真的女孩，只會聽從長輩的安排。這是理所當然的吧。我在榻榻米上一邊寫著「の」字，一邊默默地點了點頭。

但是，當我想到他即將成為我的丈夫時，由於這裡是個狹小的城鎮，我只知道他家世顯赫，對他的長相有些印象，但根據傳聞，他似乎是個有點難以相處的人，至於他俊美的外貌，您可能已經知道了，那位名叫門野的人，他真是一位極為美麗的男子，不，我並未誇大其詞。可能也因為他生了病，他的美貌顯得陰沉、蒼白，流露出一股晶瑩剔透感，使他的貴族氣質更加突出，他的容貌不僅僅是美麗，還予人某種強烈的震撼。他是如此美麗，在外頭肯定也有美麗的情人吧，若非如此，像我這種肥胖的女人，怎麼可能得到他一輩子的寵愛呢？因此，我備感憂心，對於他的朋友、僕役等人的閒話也特別留意。

我逐漸聽到一些風聲。原本我擔心會聽到一些下流的謠言，但實際聽到的卻是另一些關於他難以相處的事。他可以說是一個怪人吧。他的朋友很少，大多數時間都待在家裡，最糟糕的是，他甚至有厭女症的傳聞。若這只是因為他不想與女性玩樂而刻意散布的謠言，那倒還好，但他似乎真的有厭女症，我們的婚事原本是父母親的主意，但媒人卻告訴我，比起我這邊，說服對方才真的是大費周章。然而，我並沒有聽到明確的說法，可能只是因為有人不慎說漏嘴，也或許是我作為一位待嫁新娘，擁有敏銳的個人感受。不，在我出嫁後並親眼目睹前，我都以為那只不過是我的個人感受，我甚至會為了自我安慰，以對自己有利的方式去思考，而這其中，無疑也包含了我的自大。

回想起當時宛如少女的心情，我自己也覺得相當可愛。一方面我滿懷不安，但我也忙著到鄰鎮的吳服屋挑選布料，由全家人一同縫製，準備著各種嫁妝、細瑣的日常用品，同時，對方送來豐厚的聘禮，朋友們送來了祝福也好、羨慕也好的贈語，就算是玩笑話，我也會感到既羞怯又喜悅，家中充滿了歡樂而繽紛的氛圍，讓我這個十九歲的少女沉醉其中。

另一方面，無論他是什麼樣的怪人，或是難以相處的人，我或許已經被他那強烈的貴族風采所深深吸引。我也覺得這種性格的人，情感不正是特別濃厚嗎？面對我的話，他會不會只保護我一人，將所有名為愛情的情感都灌注在我身上？他會不會特別寵愛我呢？我真的是個天真的人。總之我就這麼幻想著。

一開始，婚禮的日期看起來還很遙遠，我數著日子等待，但轉眼間愈來愈近，我開始感到害怕，甜美的幻想被現實的恐懼取代了。到了當天，婚禮的隊伍陣仗盛大地聚集在門口，那樣的隊伍，並非是我自誇，對於只有十幾戶人家的小鎮來說，確實分外壯觀。在隊伍內，感受著乘車的情緒，每個人恐怕都各不相同，但那時我確實感覺到昏厥般的迷茫，猶如待宰的羔羊，不只是精神上的恐懼，還有身體上的疼痛，真不知該怎麼形容。……

二

究竟會發生什麼事呢，無論如何，我總算完成了婚禮，但我甚至連第一、二天有沒有入睡都不知道。我不知道公公和婆婆是什麼樣的人，有多少傭人，我也不知道是否主動問候了別人，或是別人問候了我，我完全毫無記憶。之後，我回到婆家，坐在車子上看著丈夫的背影，不知道是夢境還是現實……啊，對不起，我一直在說些無關緊要的事情，請原諒我，重要的話題都岔得不知到哪兒去了。

終於，當婚禮的騷動告一段落，該說是「實際生產比產前擔憂更容易」吧，門野並非如謠言中的怪人，反而比一般人更加溫柔，對我也非常親切。我感到很安心，之前幾近痛苦的緊張感完全消失了，所謂的人生，或許真的可以像現在這樣充滿幸福呢，我開始有這樣的感覺了。

而且，我的公婆都是很好的人，母親在我出嫁前給予的叮嚀似乎全然無用，此外，由於門野是獨生子，所以沒有小叔，反而讓我有些訝異，新娘的煩惱好像並沒有原先想像的那麼多。

門野的男性氣概，不，我指的不是那個啦。果然要把故事講完才行啊。自從開始一起生活以來，和從遠處窺探的印象截然不同，對我而言，他是我有生以來的第一個，也是這個世界上唯一愛的人。這雖是理所當然的事，但隨著時間的推移，他高貴的男性氣概愈發獨特，在我的心中變得無與倫比。不，不僅是因為他的美麗臉孔。愛情是多麼奇妙的東西啊，門野自外於世俗之處，不至於被稱為怪人，卻有一種憂鬱的氛圍，看起來像是經常專注思考著什麼，使他顯得沉默寡言。此外，要說明他的美貌，就宛如剛才所說的，他是個具有晶瑩剔透感的美男子，那種無法言喻的魅力，讓十九歲的少女為之陶醉。

世界真的在一瞬間發生改變。如果把在父母身邊度過的十九年比作現實世界，那麼在婚禮結束後，儘管不幸地只維持了半年，那段時間宛如住在夢中世界還是童話世界裡。如果誇大一些地說，就像浦島太郎住在受到乙姬寵愛般的龍宮世界裡那樣。現在回想起來，那時的我真的像是浦島太郎一樣幸福。雖然在人世間，嫁為人妻是一件辛苦的事，但我的情況卻完全相反。不，更確切地說，或許是在我抵達那個辛苦的處境前，那個恐怖的破綻已經發生了。

那半年間，我們的生活過得如何，除了快樂之外，其他小事都已經忘了。而且，因為這些小事與主題沒有太大關係，就不必再提及我們相依相愛的回憶了。門野先生非常寵愛我，這是世間上任何一位體貼妻子的丈夫都難以比擬的。無論如何，我的內心只有感激，陶醉其中，沒有任何懷疑，但回頭想想，門野對我過度的寵愛，實際上具有令人恐懼的含意。當然，這並不是說他的寵愛是婚姻破裂的根源，他只是出於真心，盡力呵護我而已。正因為他對我毫無欺詐之意，所以他愈是努力，我就愈是真心接受，由衷地依賴他，全心全意地徹底投入。那麼，為什麼他要這麼努力呢？儘管這些事情是很久很久以後才發現的，但實際上背後隱藏著一個非常可怕的原因。

三

我察覺到「不對勁」，是婚禮後剛好半年的時候。現在回想起來，當時門野所付出的努力，以及他想要呵護我所展現出的心神，無疑已經耗損殆盡了。在這個縫隙中，另一種魅力開始逐漸引領著他往另一個方向前進。

所謂男人的愛，究竟是什麼樣的東西，我這樣的女孩當然不懂。長時間以來我一直相信，門野的愛是所有男人中最優秀的，甚至超越一切男人的愛。然而，即使是我這樣完全相信門野的人，也漸漸地開始察覺到門野的愛中帶有某種虛偽的成分。……那種狂喜只是形式上的，他的內心想追逐的是某種遙遠的東西，令我感覺到奇妙的空虛與冷漠。他愛撫般凝視著我的眼神深處，卻有另一雙冰冷的眼睛注視著遠方。他對我呢喃著愛的話語，可是他的聲音卻似乎有種空洞，像是機械運轉的聲音一樣。然而，我當時從來沒有想過，他的愛從一開始就是假的。他的愛情必定正準備離開我，移情別戀到其他人身上，我終於開始這樣懷疑著。

一旦心中起疑，就像夕立雲般迅速擴散的模樣，任何微小的細節都會籠罩在我的心中，成為深沉的疑雲。我相信，當時對方所說的話裡一定藏有某種意思。他突然不在，他究竟去了哪裡呢？當我一旦開始懷疑，它就沒有止境，就像我腳下的地面突然消失了一樣，我感覺一個巨大的黑暗深淵出現了，將我吞噬到無盡的地獄之中。

然而，儘管有那麼多的疑點，我仍然無法捕捉任何更確定的東西。即使門野說他要離開家，那往往也只是很短暫的時間，而且大都是我知道的去處。縱使偷偷查閱他的日記、信件甚至照片，也沒有發現任何關於他內心世界的線索。或許，我的少女心也曾經無知地懷疑過沒有根據的事情，尋找無謂的煩惱，我曾多次反省這點，但一旦疑惑的種子已經扎根，就再也無法擺脫了，每當我見到他，他甚至可能忘記了我的存在，只是出神地盯著一個地方陷入沉思，我就會更確信，肯定有事情發生，絕對有事情正在進行。

或許，會是那個原因嗎？說到這裡，門野的性格一向極度憂鬱，自然熱衷於沉思，獨自待在房間裡花了很多時間閱讀。他說書房裡容易分心，所以他經常去屋後的倉庫二樓看書，那裡有祖傳的大量舊書。在昏暗的地方，他會點燃古老的雪洞，獨自讀書，這從年輕時就是他的一項嗜好。然而，在我嫁來的半年間，他彷彿完全遺忘似的，沒有再去過倉庫，直到那時，他又開始頻繁到那裡去了。我忽然察覺到這一點，這是否有什麼意義呢？

四

說是在倉庫二樓讀書可能有些怪異，但沒有必要驚訝，也沒有值得可疑之處，至少我是這麼想的。我在重新思考後，盡可能留意著門野的行為舉止，檢查他的物品等，仍未發現異常之處。另一方面我卻感受到他淡漠的愛情、無神的目光，有時沉思時甚至似乎忘記了我的存在。除了懷疑倉庫二樓，我已經別無他法了。更奇怪的是，他去倉庫的時間總是在深夜，有時他睡在我身旁，會窺探我已經入睡，再偷偷地爬起身來，我以為他可能是去一下廁所，但是他卻離開許久未歸。當我走到門廊上，可以看得見從倉庫的窗戶透出微弱的燈光。

我經常會湧現一種說不出、似乎非常可怕的感覺。我曾去倉庫一次，是我剛嫁進來時的事，後來在季節變換時也只進去過一兩次，即使門野經常在那裡閉門不出，我也無法想像倉庫裡可能藏著困擾著我的原因，因此，我從未刻意跟蹤過他，直到現在，也只有倉庫二樓不在我的監視範圍了，如今我恐怕必須以懷疑的眼光來加以審視。

我嫁入門野家是在春季中旬，而我對丈夫產生猜疑的時間則是那年秋天，適逢名月之時。至今仍讓我感到不可思議的是，我還記得門野當時背向我蹲在門廊上，沐浴在青白色的月光中，長時間陷入沉思的模樣，那背影讓我不知為何感到十分激動，也是產生猜疑的開端。然後，我的懷疑逐漸加深，最後居然去跟蹤門野，直到進入倉庫裡面，是在那年秋天結束的時候。

這是何等脆弱的緣分啊。那深深愛著我的丈夫（如前所述，他的愛不是真正的愛），卻在短短半年內就消失了。我就像打開玉手箱的浦島太郎一樣，從一開始的陶醉狀態中驚醒，卻發現敞開入口等待著我的，只有猜疑和嫉妒的無盡地獄。

起初我並沒有明確地懷疑倉庫裡有什麼可疑之處，只是在疑惑的折磨下，在窺見丈夫獨自一人的身影時，希望能夠驅除自己的迷惑，祈禱那裡有能讓我安心的東西。然而，一方面我害怕這種鬼鬼祟祟的行為，另一方面，一旦下定決心，現在再放棄似乎讓人難以釋懷。到了穿著單薄的衣物也讓人感覺有些涼意的某個夜晚，此時已經入秋，曾經在庭院裡叫個不停的秋蟲也漸漸變得安靜。正值深夜，我抬頭眺望著天空，星辰雖然美麗，卻讓人感覺非常遙遠，那晚上有一種奇怪的寂寥感。最後，我終於鼓起勇氣，悄悄溜進倉庫，試圖偷看應該在二樓的丈夫。

在主屋裡，公婆、僕人們都已經上床睡覺了。由於這是鄉下地方的大宅邸，十點左右已是闃然無聲。要走到倉庫，必須穿過漆黑的樹叢，感覺非常可怕。這條道路又是一整塊潮濕的地面，晴朗的天氣也是如此。樹叢裡住著一些大蟾蜍，它們發出令人不悅的嘓嘓聲。忍受著這一切，我終於來到倉庫裡，這裡同樣一片漆黑。夾雜著樟腦淡淡的香氣，還有一種冰冷、發霉倉庫的特有氣味，讓人毛骨悚然。如果心中沒有嫉妒之火在燃燒，一個十九歲的少女怎麼可能做出這樣的事呢？真的沒有什麼比愛情更可怕的了。

在黑暗中摸索著，我慢慢接近通往二樓的樓梯，偷偷地往上看去，果然很暗，原來是爬上樓梯後的提拉門緊閉著。我屏住呼吸，一步一步小心翼翼地爬上樓梯，終於來到提拉門前，輕輕地試著推開它。然而，門野很小心，從上方鎖住了門，無法打開。我心想，如果他只是在讀書，又何必要鎖門呢？就連這麼一點小事也讓我感到心懸不已。

該怎麼辦呢？是不是該敲門讓他開門呢？不，不，如果在這樣的深夜做出這種行為，我的內心一定會被看穿，反而可能讓他更加疏遠我。但是，如果這種被蛇緩慢勒殺的狀態持續下去，我也無法忍受。或許我應該放手一搏，讓他將這扇門打開，在遠離主屋的倉庫裡趁著今晚的機會，吐露我一直以來的懷疑，對他敞開心扉，問他到底是怎麼想的。就在我這樣猶豫不決，站在提拉門下的時候，正在此刻，一件真正可怕的事情發生了。

五

那一晚，我為什麼會去倉庫呢？深夜的倉庫二樓，即使用常識來考慮，也不可能發生什麼事情，但真的是因為荒謬的疑心，我才不由自主地去了那裡。這無法用邏輯解釋，難道是某種感應嗎？或者是俗話所說的「蟲的直覺」嗎？在這個世界上，有時候會發生一些用常識無法判斷的意外事件。那時，我聽到了從倉庫二樓傳來竊竊私語的聲音，還是一對男女的對話聲。男人的聲音無需多說，就是門野的，但女方到底是什麼人呢？

當時，我真的無法置信，我的懷疑竟然變成了明確的事實。我是個不諳世事的少女，當下驚慌失措，比起憤怒，更多的是恐懼和無盡的悲傷。我努力地忍住哭泣，讓身體瑟縮著，卻又不得不專注地聽著樓上的談話聲。

「這樣的幽會，我覺得真的很對不起您的夫人呢。」

女子的聲音細微得幾乎無法聽清，但我還是用想像力補足無法聽到的部分，終於理解了她的意思。從聲音的語氣來判斷，這個女人應該比我大三、四歲，但她肯定不像我這樣臃腫，一定是個身材纖細、像是泉鏡花小說中如夢般美麗的女主角一樣。

「我也有同樣的想法，」門野的聲音這麼說：「就像我一直說的，我已經盡我所能地努力去愛京子了，但令人悲傷的是，終究徒勞無功。妳的容貌，從我年輕時就熟悉的容貌，無論我如何輾轉思索，我就是無法放棄。對京子我真的很抱歉，我在心裡不斷地道歉，但即便如此，我仍然無法克制自己，每晚都想見妳。請明白我糾結的真心。」

門野的聲音清晰有力，異樣地穿透了空氣，就像深深刺入我的心靈一樣。

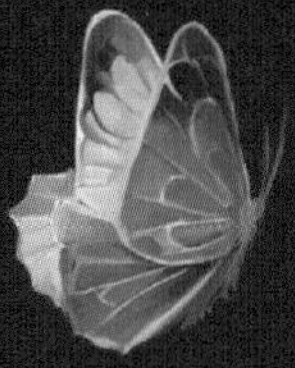

「我真的很高興。能受到美麗的您如此寵愛，把那位高貴的夫人都放在一邊，我真是何等幸福。我真的很高興。」

接著，我敏銳的耳朵，似乎感受到了那個女人正依偎在門野膝蓋上的動作。

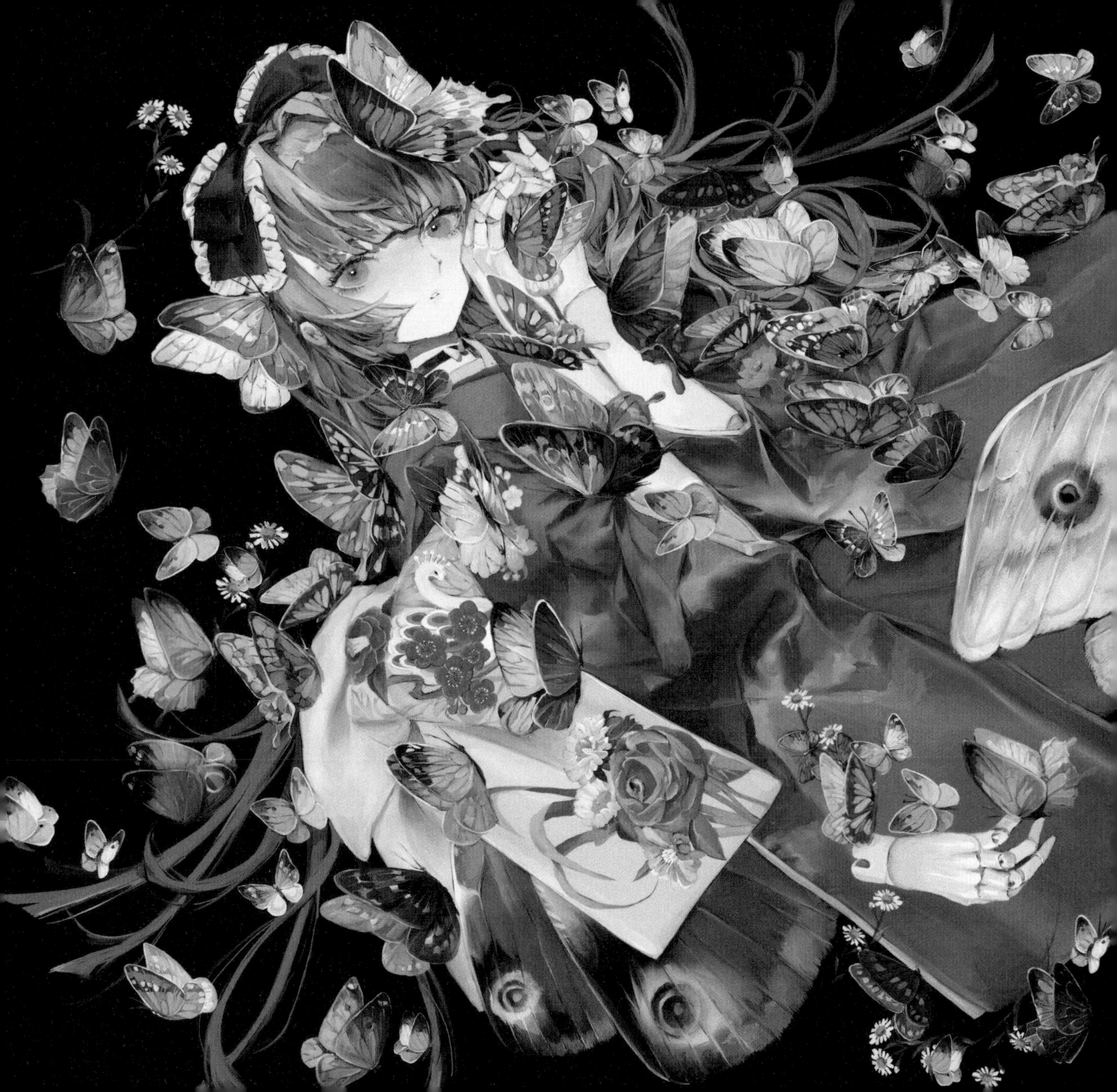

請試著想像一下，那時我會是怎樣的心情呢。如果是現在的年紀，我不會再有任何猶豫，就算是突然闖入房間，也可能會把所有的怨念一口氣宣洩出來。但無論如何，當時的我還只是個少女，根本沒有那種勇氣。我只能用衣袖一角抑止湧上心頭的悲傷，也無法離開那裡，只能繼續承受如死一般的痛苦。

不久，我突然驚覺，我聽到板間上傳來急促地走動聲，有人正朝著提拉門走來。如果此時被他們發現，無論對我還是對對方，都是極為羞恥的事情。於是，我急忙下樓，走出倉庫，悄悄地躲到周邊的黑暗之中。一方面是為了看清那個女人的臉，我帶著憤怒的眼神凝視著。

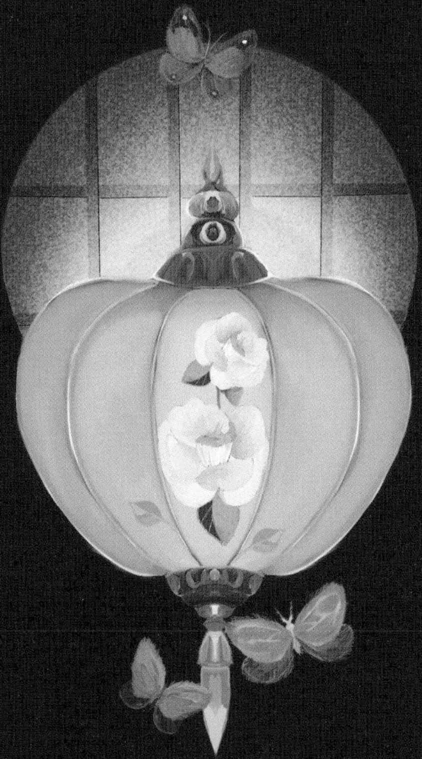

隨著提拉門的開門聲響，光線透了出來，手裡提著雪洞，輕聲走下樓梯的，無疑是我的丈夫，而跟在他後面的那個女人——儘管我等得心煩意亂，他已經將倉庫的大門關上，走過我藏身的地方，木屐聲漸行漸遠，但那個女人卻沒有下來的意思。

倉庫只有一個出口，雖然有窗戶，但都被鐵網封住了，所以應該沒有其他的出口。然而，就算等了這麼久，也沒看到開門的跡象，這實在太怪異了。首先，門野不會把這麼重要的女人獨留在身後離去。難道說，他做了長期的計畫，在倉庫的某處暗地裡設置了一個秘密通道？一想到這裡，一個為愛瘋狂的女人為了見到男人，忘卻恐懼，在漆黑的洞中爬行的場景，猶如幻覺般出現在我的眼前，似乎還能聽見那微弱的聲響。突然，我對單獨待在那種黑暗中感到害怕。另外，我也擔心我的丈夫會對我不在的事情感到懷疑。那一晚的事，只好到此作罷，我決定回到主屋。

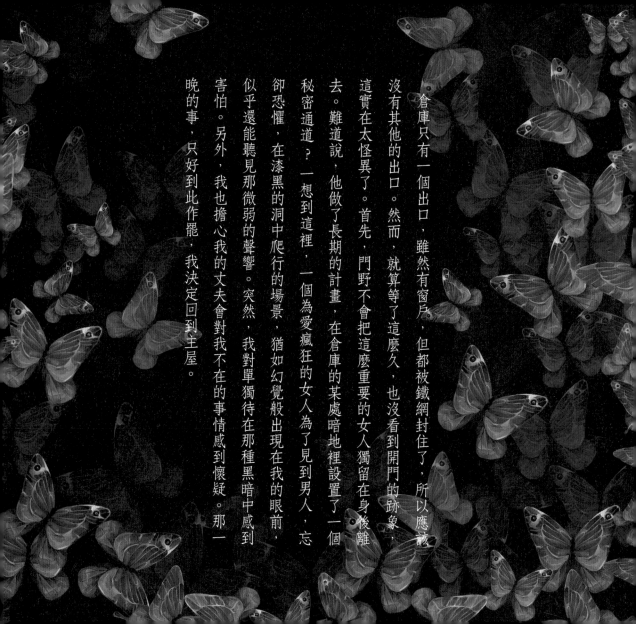

六

從那時起，我多少次在闇夜中潛入倉庫。然後，在那裡，我聽見我丈夫各種親暱話語，每次都經歷了無法形容的心情。每次我想方設法試圖見到那個女人，但結果都像第一晚那樣，從倉庫出來的只有我的丈夫門野，我甚至連那個女人的影子都看不見。有一次，我準備了火柴，看見我丈夫離開後，我悄悄上到倉庫二樓，用火柴的光源探查周圍，但裡頭沒有地方藏身，那女人也依然無影無蹤。還有一次，我趁我丈夫不注意，偷偷溜進倉庫，每個角落都查遍了，看看是不是有什麼暗道，或者窗戶的鐵網是否被拉開，各種方法都試過了，但倉庫裡甚至找不到讓一頭老鼠逃跑的縫隙。

這是多麼不可思議的事情啊。當我確認這一點時，我不由自主地因為無法言喻的異常而感到恐怖，甚至超越了悲傷和悔恨。到了隔夜，那誘人的低語聲又不知從哪裡悄悄出現，重複著與我丈夫的親密話語，然後憑空消失，有如幽靈。

難道門野被某種生靈附身了？

生來憂鬱，與常人有所不同，讓人聯想起蛇一般的門野（或許也正因如此，我才如此著迷於他），他可能容易被像生靈那樣的異物所吸引。當我這樣想時，開始感覺到門野自身也帶有某種魔性，讓我有一種無法形容的異常情緒。

我曾多次下定決心要回娘家，一五一十地說出來，或者把這件事告訴門野的父母。但是，由於這種恐懼和不安，我一再延後了這個決定。當我想起這種捕風捉影般猶如怪談的事，我擔心一旦輕易說出口，便會被人嘲笑，讓我不禁感到羞辱。這樣想來，從那時起，我似乎變成了一個心理偏執的人。

接著，在某個夜晚，我突然注意到了一件怪事。那是在倉庫二樓，門野他們平時的幽會結束後，門野正準備下樓時，我聽到了啪噠一聲像是某種蓋子輕輕關上的聲音，隨後還有咔嚓咔嚓像是上鎖的聲音。仔細想想，這些聲音雖然非常微弱，但似乎每晚都能聽到。在倉庫二樓能發出這種聲音的物品，除了排列在那裡的長箱之外沒別的了。難道那女人就藏在長箱裡嗎？如果是活人就必須進食，更重要的是，人應該不可能在那麼悶熱的長箱裡躲藏那麼久。然而，不知為何，我覺得這已經成了一個無庸置疑的事實。

一旦注意到這一點，我再也無法靜下心來。無論如何，我必須偷走長箱的鑰匙，打開長箱的蓋子，親眼見見那個女人。不管怎樣，在這個關鍵時刻，無論是咬她、抓她，我都絕不會輸。就像是已經確定了那個女人就藏在長箱裡一樣，我咬緊牙關等待著夜晚結束。

隔天，從門野的手提箱裡偷竊鑰匙，出乎意料地輕易得手了。那時，我幾乎陷入瘋狂，但即便如此，對於一個十九歲的少女來說，這仍然是一個超出能力的重大行動。在此之前，無法安眠的夜晚不斷持續著，一定使我變得蒼白、消瘦了。所幸，我和公婆住在有距離的房間，而丈夫門野則完全沉浸在自己的事情中，所以我得以在那半個月不被起疑地度過。當我帶著鑰匙悄悄走進即使在白天也一片昏暗，散發著冰冷土壤氣味的倉庫，那時候的心情，真是無法形容。現在回想起來，我覺得當時居然能做出那樣的事，真是不可思議。

然而，在我偷走鑰匙前，或者在爬上倉庫二樓時，我混亂的情緒中突然出現了一個荒謬的念頭。雖然這不重要，但還是順便說一下吧。那就是我開始懷疑門野是否偽裝了那個女人的聲音。雖然這個念頭像是個笑話，但或許他在倉庫二樓進行小說創作，或者是排練戲劇，不讓別人聽到，在那裡偷偷練習對白。長箱裡或許並不是藏著女人，而是藏著戲服之類的東西。這真是荒謬的念頭。哈哈哈，我已經快瘋了。在意識混亂之中，這種對我自己有利的妄想突然湧現，這充分說明我的心情已經混亂到了何種程度。考慮那些親密對話的含意，用這麼荒謬的聲音來進行偽裝的人，在世界上怎麼可能存在呢？

七

門野家是一個在鎮上具有歷史的名門，因此倉庫二樓就像古董店的櫥窗那樣，陳列著祖先流傳下來的各種古老物品。三面牆壁上整齊地排列著丹漆長箱，屋內一角則是五、六個垂直放置的長型古典書櫃，上頭還有放不進書櫃的黃表紙、青表紙，露出看得見蟲蝕的書背，布滿灰塵地堆積著。架子上有舊式卷軸的箱盒、綴有大型紋飾的兩掛、葛籠類的物品，古老的陶器等等，其中最引人注目的是一個像是磨製鐵漿用的巨型漆碗，或稱漆盆，雖然經過多年歲月而變紅，但每個都裝飾著金紋蒔繪。最令人不安的是，一上樓梯就看得到的地方，有兩副鎧甲裝飾，宛如活生生的人坐在鎧櫃上。一副是威武的黑系緘，另一副可能是緋緘，顏色雖然變得暗沉，某些部位的線也斷裂了，但它的外觀在當年肯定如火焰般閃耀，是品質極高的收藏。頭盔及外型恐怖、覆蓋了自鼻以下臉部的鐵面具也端正地安置著，即使是在白天，倉庫裡也很昏暗，凝視著它們，讓人覺得籠手和護脛似乎隨時會開始移動，甚至可能會拿起正好掛在頭頂上的長矛，令人忍不住想要尖叫逃跑。

穿過小窗、從鐵網透入淡薄的秋光，但由於窗戶太小，倉庫的角落變得像夜晚般黑暗，只有蒔繪和金具等物品像魑魅魍魎的眼睛一樣，詭異地、黯淡地閃爍著。如果在這種環境中想起那些生靈般的妄想，對女性而言實在難以忍受。然而，我終究壓抑了恐懼，勉強地打開長箱。這或許是出於戀愛這種強大的力量吧。

我一面想著不可能會有這種事情發生，但當我逐一打開長箱的蓋子時，都會有一種不知來由的恐懼感，感覺身體裡冒出陣陣陰寒，讓我不由得窒息。然而，當我掀開蓋子，帶著幾分窺視棺材般的勇氣，硬著頭皮把頭探入查看時，結果如我所預期的，或者與我所預期的相反，裡面放的無一例外都是一些古老的衣物，被褥，精緻的文書收納箱，並沒有任何可疑的東西。然而，清晰傳來的那些關蓋聲、扣鎖聲，究竟是什麼意思呢？就在我再三感覺奇怪之際，我突然注意到了最後一個已經打開的長箱裡，堆疊著幾個白木箱，箱外以典雅的御家流書法寫著「御雛樣」、「五人囃子」、「三人上戶」等字樣，原來是雛人形的箱子。在確認沒有其他可疑之物後，我稍微放心了一些。或許正因為如此，出於女性特有的好奇心，我突然有了打開這些箱子看看的想法。

從箱中逐一取出，這是御雛樣、這是左近的櫻、右近的橘，在欣賞的過程中，樟腦的氣味與古樸、懷舊的情懷瀰漫在空氣中，那些古物上厚實的人形皮膚，不知何時將我引入了夢境的國度。於是，我沉浸在雛人形的世界裡好一段時間，不久，我突然注意到，在長箱的一側，有一個外觀不同、長達三尺以上的長形白色木箱，看起來像是放置了非常珍貴的東西。表面同樣以御家流書法寫著「拜領」的字樣。我不禁好奇地輕輕拿出來，打開它，瞥見裡面的東西，我突然被某種感覺所震懾，情不自禁地將臉轉向一旁。就在那一瞬間，所謂的靈感，應該就是在這種情況下出現的，幾天來的懷疑，已經煙消雲散了。

拜領

八

儘管讓我訝異的只不過是一具人偶，您聽到這裡或許會覺得「那又怎樣？」並輕蔑地笑了起來。然而，這是因為您不知道真正的人偶，是古代人偶師竭盡心血、精湛至極地製作出來的藝術品。您是否曾在博物館的一個角落裡偶然遇到一個古老的人偶，對它無比生動的逼真感到難以名狀的戰慄呢？如果這個人偶是女孩或稚童，您是否曾因為它宛如超出這個世界之外的夢幻魅力而驚嘆呢？

您是否了解所謂的御土產人偶帶來的神秘與強烈的魅力呢？又或者，您是否知道昔日衆道盛行的時代，偏好男色的人們，會將親暱的衆道對象雕刻為肖像人偶，並對它日夜寵愛的奇聞呢？不，即使不談這些遙遠的事，例如，如果您了解關於文樂淨瑠璃人偶的神秘傳說，或者聽說過近代名匠安本龜八的活人偶等，那麼您應該能夠充分理解，為何當我看到僅僅是一具人偶，竟然會感到那麼驚訝的心情。

我在箱子中發現的人偶，後來私底下詢問門野的父親，得知這是從領主那裡獲得的賞賜，是安政時代的知名人偶師立木的作品。這種人偶通常被稱為京人偶，實際上是所謂的浮世人偶，身高約三尺多，像十歲左右的小孩大小，手腳都做得很完整，頭上繫著舊式的島田髮型，身穿古典大紋友染的服裝。後來我得知，這就是人偶師立木的作風，儘管它的年代久遠，這個女孩人偶卻有著奇妙的現代感。那紅潤得彷彿充血、像在索求著什麼的豐厚雙唇，唇角兩側呈現為兩段的飽滿雙頰，微微開啟的雙眼皮，上方裝飾了一對洋溢著笑意的濃眉，而最神奇的是，像是以羽二重包裹著紅棉、略微泛紅的耳朵充滿微妙的吸引力，華麗而富含情欲的臉蛋因歲月而稍有褪色，嘴唇以外呈現奇特的青白色，像是附著了手垢似的皮膚顯得滑溜而汗濕，看起來更加迷人而豔麗。

在陰暗、充滿樟腦氣味的倉庫中，當我看到那具人偶時，她膨脹、形狀美妙的胸部彷彿正在呼吸，嘴脣看起來就像笑容隨時會綻放開來，那過度逼真的生動感令我震撼得全身發抖。

啊啊，這是怎麼回事，我的丈夫，竟然愛上了一個沒有生命的、冰冷的人偶。親眼見到這具人偶的神秘魅力，已經沒有其他需要解開的謎團了。一想到我丈夫厭惡人群的性格、倉庫中的低聲呢喃、長箱蓋子的關閉聲、無影無蹤的女人等等，綜合這些情況，那個女人，實際上就是這具人偶，除此之外再也沒有其他解釋了。

這是後來我從幾個人那裡聽到的事情，並加以拼湊、想像出來的結論，門野生來就是一個夢想家，擁有奇特的性傾向，他可能是在對人類女性產生愛意以前，偶然發現了長箱裡的人偶，並被它強烈的魅力所吸引。他打從一開始就不是在倉庫中讀書。有人告訴我，

從古至今，人類對人偶或佛像產生戀情的例子並不少見。不幸的是，我的丈夫就是那樣的男人，更不幸的是，他家中剛好收藏了一具稀世的人偶名作。

這是非人之戀，是這個世界以外的愛。陷入這種戀情的人，一方面將擁有常人未曾感受的體驗，那些有如惡夢般、有如童話般不可思議的樂趣，另一方面，他們受到永無止境的罪惡所折磨，為了想逃離這座地獄而痛苦地掙扎著。門野迎娶了我，用盡全力地愛著我，難道不都只是這種無法承受之苦的痕跡嗎？這麼一想，那句「對京子我真的很抱歉」的呢喃，意思也就變得一清二楚了。毫無疑問，我丈夫為這具人偶而使用女性的聲音。啊啊，我居然是在這種時代誕生的女人呢。

九

好的，我想做的懺悔，實際上是接下來要發生的恐怖事件。在這漫長無聊的談話中，您可能會詢問「還有後續嗎？」而感到非常厭煩。但是，請您放心，關於事件的重點，只再需要一點點時間，我就可以完全講完了。

請別訝異。所謂的恐怖事件，其實是關於我犯下殺人罪的故事。那樣的重罪犯，怎麼可能不接受懲罰，而能安然無恙地生活呢？那是因為我並未親手殺人，可以說是一種間接的罪行，因此即使我當時全盤托出也不至於被定罪。然而，縱然在法律上無罪，我卻明確地成了導致那個人死亡的凶手。對此，出於少女的短視心態和一時恐慌下喪失理智，我卻無法照實坦白，深感歉意，從那之後至今，我沒有一個晚上能夠安然入眠。我現在這樣懺悔，也只是希望對已去世的丈夫做最後的贖罪。

但是，當時的我，應該是被愛情沖昏了頭。當我意識到我的情敵竟然不是一個活人，縱使被稱為名作，也只不過是一具冰冷的人偶，面對一個沒有生命的泥人偶，我除了屢屢心有不甘的遺憾以外，對於墮入畜生道般的丈夫心靈更感到極度的憤怒與失望，如果沒有這樣的人偶，也不會發生這種事，我甚至開始對那位名為立木的人偶師產生仇恨。如果把這具人偶的妖豔臉蛋毀掉，將它的手腳全部扯壞，門野就談不成沒有對象的戀愛了。

這麼一想，我不再有片刻猶豫，為防萬一，那晚我再次確認了丈夫和人偶有過幽會。翌日清晨，我上了倉庫二樓，將人偶破壞殆盡，連眼睛、鼻子都打得稀爛。接下來，我再注意丈夫是否有反應，就能知道我的想像是對是錯，縱使我認為我是不會錯的。

於是，正如同人類被車子輾壓的死狀，人偶的頭部、軀體、四肢變得支離破碎，見到它暴露出不同於昨日的屍體醜態，我總算可以安心了。

十

當晚，一無所知的門野，再次窺探我已然入睡，便提著雪洞消失在門廊外的黑暗中。無庸置疑，他要去與那具人偶幽會了。我假裝睡著，悄悄地目送著他的背影消失，心中感覺到一種奇妙的情感，既有一絲愉快，卻又有一股不知從何而來的悲傷。

發現人偶的屍體時，那個人會表現出什麼態度呢？他會因為這異常的愛戀而羞愧，悄悄收拾人偶的殘肢，假裝毫不知情？他會找出兇手，大發雷霆？在他的震怒下，我無論是挨打、挨罵都無妨，如果他真的這麼對我，我會有多麼高興啊。門野一旦發怒，就是他並沒有跟人偶談戀愛的證明。我全神貫注地傾聽著，試圖窺探倉庫裡的動靜。

就這樣，我到底等了多久呢。我一再等待，丈夫還是沒有回來。既然看到了破碎的人偶，他應該沒有在倉庫待那麼久的理由。為什麼他還不回來呢？或許對方並非人偶，而是一個活生生的人。想到這一點就令人焦躁不安，我已經無法忍受了，於是從地上起身，準備好另一個雪洞，朝著倉庫的黑暗深處奔去。

踏上倉庫的樓梯一看，那扇提拉門不尋常地敞開著，上方亮著燈光，茶紅色的光線黯淡地照到樓梯下。有一種預感使我胸口躍動，我跳上樓梯，大聲呼喊著他，透過雪洞的燈光往裡面望去，啊，我的不祥預感果然應驗了。在那裡，我丈夫和人偶的兩具屍體交疊在一起，板間是一片血海，兩人身旁還有家族代代相傳的名刀浸滿鮮血。人與泥土的殉情，看起來不僅毫無滑稽之處，還帶有一種難以言喻的嚴肅感，瞬間撕扯著我的胸口，我無法出聲、無法落淚，只能茫然地站在那裡。

逼我映入眼簾的景象是，半殘的人偶嘴脣上像是自身吐出鮮血般，血潮的飛沫一點一點地滴落在丈夫擁抱著人偶頭部的手腕上，而人偶像是臨死前正陰森地在笑著。

＊本書之中，雖然包含以今日觀點而言恐為歧視用語或不適切的表現方式，但考慮到原著的歷史背景，予以原貌呈現。

譯註

第４頁

【寫著「の」字】這種動作常用於形容年輕女性害羞或生氣的情緒。

第８頁

【吳服屋】販賣和服用布匹、織品的商店。

第１２頁

【實際生產比產前擔憂更容易】〔案じるよりは生むが易い〕日本俗諺，意指事前左思右想，但實際執行起來比想像中容易。古代女性生子伴隨著極大的生命風險，孕婦產前心理不安，旁人常以這句話來鼓勵、安慰。

第１６頁

【浦島太郎】改編自「浦島之子」的民間故事，最早可追溯到《日本書紀》雄略天皇２２年（西元４７８年）七月記事，其後的《丹後風土記》逸文、《萬葉集》均有記載，直到室町時代大眾文學「御伽草子」興起，才出現以《浦島太郎》為名的作品。

第２０頁

【夕立雲】形成夏季午後強烈雷陣驟雨的積雨雲。

第２２頁

【雪洞】一種帶柄的手提燭台，圍上以紙張或絹布，以增加燈光的穩定及安全性。

第２６頁

【名月】陰曆八月十五日的月亮，又稱芋名月。

【玉手箱】龍宮的乙姬致贈給浦島太郎，但叮囑他不可開啟、最終導致他迅速老化的寶箱。這是自御伽草子《浦島太郎》才出現的故事道具。

第３０頁

【提拉門】〔落し戸〕以左右兩側為溝槽，上下開闔的門。

第３２頁

【蟲的直覺】〔虫の知らせ〕莫名其妙的不祥預感。

第３８頁

【板間】〔板の間〕地面由木板鋪設的房間，在日式傳統建築中，板間的木板的排列會經過精心設計，也更為堅固耐用。

第４４頁

【生靈】〔生霊〕民間信仰中，人類死後未能安息、留在原處徘徊的靈魂。

第５２頁

【黃表紙】江戶時代的大眾讀物，自安永初年開始流行。以成人為閱讀取向，每頁有繪畫，留白處寫上諷刺風格的文章。戀川春町、山東京傳為其代表作家。

【青表紙】此處應指「青本」，江戶時代的大眾讀物，流行於延享至安永年間，出現於黃表紙之前。內容以適合婦幼閱讀的民間故事、奇談為主，其後的故事型態變得複雜，成為淨琉璃、歌舞伎的題材。

【兩掛】〔両掛け〕江戶時代的旅行箱，以木棒前後掛上木箱呈天秤狀，以肩挑運，又稱兩懸。

【葛籠】以竹製或檜製的薄條編織而成的衣物收納箱。

【鐵漿】〔鉄漿〕江戶時代的已婚婦女流行將燒焦的鐵屑、五倍子粉混入濃茶，用來將牙齒染黑，據稱可預防蛀牙，這種液體稱為鐵漿。

【蒔繪】日本傳統漆塗工藝，始於奈良時代，特徵是在器物表面使用漆繪製紋樣，再撒上金屬粉末或色粉使其附著。

【黑系縅】以黑色線縫製、組裝的鎧甲。

【緋縅】以深紅色線縫製、組裝的鎧甲。

第53頁

【籠手】鎧甲物件，用於覆蓋肩膀至手臂的布套，其上縫製了防護用的金屬配件。

【護脛】〔脛当〕鎧甲物件，用來防護膝蓋至小腿處。

第54頁

【御家流】〔お家流〕書法流派，由伏見天皇的皇子尊圓法親王創始，風格典雅、流麗。

【御雛樣】〔お雛様〕即雛人形，女兒節用於擺飾的人偶。

【五人囃子】以歌謠、笛子、小鼓、大鼓、太鼓五人樂手為一組的雛人形。

【三人上戶】以怒、哭、笑三種表情為一組的雛人形。

第56頁

【左近的櫻、右近的橘】〔左近の桜、右近の橘〕擺設雛人形時，會將櫻樹與橘樹的裝飾置於人偶的左右兩邊。其源由來自平安宮內的紫宸殿前庭種植了櫻樹與橘樹，左近衛府官員排列於櫻樹以南，右近衛府官員排列於橘樹以南，故有此稱。

第59頁

【御土產人偶】〔御みやげ人形〕江戶時代，諸侯和家臣等前往京都時所帶回的紀念人偶。

【眾道】〔衆道〕若眾道的簡稱，指男性之間的情愛關係，日本中世時期已存在於僧侶和武家階級之中，江戶時代女性歌舞伎禁止後，眾道才普及到庶民階層。

【文樂淨瑠璃人偶】〔文楽の浄瑠璃人形〕文樂即文樂座，是專門演出人形淨琉璃的劇場。人形淨琉璃發源於大阪，是一種彈奏三味線、操持人偶的說唱戲劇表演。淨瑠璃人偶即為演出這類劇目的人偶。

【安本龜八】〔安本亀八〕活躍於幕末至明治時代的人偶師，以製作真人比例的擬真人偶而聞名。

第60頁

【立木】出處不明，應為亂步虛構的人偶師。

【京人偶】〔京人形〕產自京都的人偶。多為木雕製品，包括市松人偶、鴨川人偶、嵯峨人偶、御所人偶等。狹義是指娃娃頭髮型的少女人偶。

【浮世人偶】〔浮世人形〕與江戶初期開始發展的浮世繪同期，以當時的風俗為題材，人偶的外型多為美少男、遊女。

【島田】即島田髷，日本傳統女性髮型的一種，常見於年輕女性或藝妓、遊女等女性。

【大紋友染】〔大柄友染〕使用大塊紋飾的友禪染布。

【羽二重】日本傳統的高級絲織品，以經絲與緯絲交錯，平織製成，表面富光澤感。明治時代輸出歐美的織品中，以羽二重織占最大宗。

【手垢】手上的髒污或汗脂。

解說

人造的永恆之愛／既晴

I

大正十五年（1926）一月，江戶川亂步從大阪搬到東京，定居於牛込區（現為新宿區）筑土八幡町三十二番地。此時，他已辭去大阪每日新聞廣告部的工作、專職寫作一年了。過去這一年來，他在《新青年》、《寫真報知》、《苦樂》等文藝雜誌上密集發表了為數甚多的短篇傑作，在關西也積極參與作家交流活動，一躍成為全日本最受矚目的新銳作家。

舉家遷居東京，也代表亂步決心專注創作的強烈企圖。首先，他在《苦樂》上發表《在黑暗中蠢動》連載，這是他作家生涯的第一個長篇；同月，他又在《Sunday每日》發表長篇《湖畔亭事件》連載；同月，他也在《寫真報知》發表長篇《兩名偵探小說家》連載。一個月內同時發表了三部長篇新作的連載，氣勢非凡、罕見，象徵了他的全新起點。

然而，三部作品發表初時雖然都頗受好評，但由於亂步都只做完開場設定後就開始進行連載了，後續並沒有完整的故事大綱，使他不得不邊想邊寫，在緊迫的時間壓力下，《兩名偵探小說家》僅連載了四回，即告斷尾；《湖畔亭事件》雖然連載到五月初，得以順利完結，但卻比原先的規劃提早許多。

至於《在黑暗中蠢動》撐到十一月，也以未完作終。昭和二年（1927）十月，平凡社出版了《現代大眾文學全集第三卷江戶川亂步集》，才終於補齊了《在黑暗中蠢動》的結局。《兩名偵探小說家》後改題〈空氣男〉，後來仍未寫完。

在這兩年間，亂步的創作能量大爆發，共完成短篇二十九作、長篇四作，《東京朝日新聞》、《大阪朝日新聞》同步連載的《一寸法師》完結後，耗盡了亂步的精力，他不但產生自我嫌惡，也感覺靈感徹底乾涸，決定停筆，《現代大眾文學全集第三卷 江戶川亂步集》賣了十六萬冊，賺進高額版稅，使他認為暫時不寫作也能度日，遂展開了京都、名古屋的浪居生活，待他重回文壇，已是一年後的事了。

〈非人之戀〉正是這段創作爆發期的代表作，不僅是亂步「人偶愛」的濫觴，可以稱得上是先於〈與押繪一同旅行的男子〉（1929）的前鋒作，也影響了後續《蜘蛛男》（1929）、《黑蜥蜴》（1934）及少年小說《魔法人偶》（1957）等關於人偶、人偶師為主題的作品。

II

「縱然不能與人類談戀愛，也能與人偶談戀愛。人類是浮世的幻影，人偶是永恆的生物。這樣的奇異想法，從很久以前就棲息在我的空想世界裡，對於我這種猶如貘般只要食夢就活下去的落伍者而言，正是再合適不過的憧憬了。」

「或許這是一種逃避。說是混雜了輕微屍姦、人偶姦的心理亦無不可。然而，我想應該還有別的東西存在。」

「埴輪（日本古墳時代的土燒素陶人偶）扮演了什麼樣的角色呢？美麗的佛像引導過多少人陷入狂熱的信仰。僅僅考慮這一點，我們就能夠理解人偶所擁有的深邃而可怕的魔力。」

這是昭和六年（1931）亂步在《東京朝日新聞》連載的隨筆〈人偶〉的首段。事實上，這篇隨筆不但談到亂步個人對人偶的迷戀，也提及這個迷戀的開端，是來自於他童年六、七歲時從祖母口中聽到的故事——來自江戶時代的草雙紙，是一名領主的女兒偽裝男聲，在深夜自言自語地與男性人偶談戀愛，結果被奶媽誤解、引起騷動的故事，而這也成了〈非人之戀〉的原型。

這個開端，不但讓亂步開始收集人偶怪談，也促使他關心江戶時代的大眾文學。亂步的日本文學藏書中，有五分之一是屬於江戶時代的作品，藉此，他廣納當時庶民所關心的情愛糾葛、奇事逸聞，構成了他創作取材的內裡。

亂步在《寶石》雜誌的專欄〈幻影城通信〉（1949）裡，也寫了「繪畫雖然也一樣，但尤其是人偶，一旦能做出與人類酷似的人偶，它將擁有被賦予的意志與情感，自太古到現在一直盤據在我們胸口的這個想法，是一種不可思議的心理。」

希臘神話中，雕刻家畢馬龍根據心中理想的女性創作了一座象牙雕塑，而愛神阿芙蘿黛蒂則為他賦予了這座雕像生命，現代心理學上將「人偶愛」稱為「畢馬龍情結」。美學家谷川渥，將亂步作品中「人偶愛」的型態分為「以對待人類的方式來對待人偶」與「以對待人偶的方式來對待人類」兩類，把前者稱為「畢馬龍情結」，後者稱為「逆畢馬龍情結」。

從上述觀點來看，亂步的作品可說是游移在「自然」與「人造」的縫隙之間，刻劃了故事主角揚棄「自然」的「短暫」，利用「人造」手段來追求「永恆」的異常心理，以製造出妖異、不可思議的幻覺空間，也與一九七〇年日本機器人學家森政弘在《Energy》所提出的「恐怖谷」理論——愈接近人類、但與人類仍有差異的機器人，將令人產生死屍、死亡，甚至活屍、亡靈的聯想——不謀而合。

時至今日，材料、電腦、網路、人工智慧科技的發達，使得人類與人偶的邊界也愈來愈模糊了，而人與人偶結婚、生活的新聞也變得稀鬆平常了。從〈非人之戀〉多次影視改編（最近一次是二〇二二年）的紀錄來看，亂步的「人偶愛」依然棲息在人類的心靈之中，自太古到現在。

解說者簡介／既晴

犯罪、恐怖小說家。現居新竹。創作之餘，愛好研究犯罪文學史，有犯罪評論百餘篇，內容廣涉各國犯罪小說導讀、流派分析、創作理論等。

乙女の本棚系列

『與押繪一同旅行的男子』
江戸川亂步＋しきみ
定價：400元

「他們，是活的吧。」

觀賞過海市蜃樓的歸途，
在火車中，
我與帶了押繪的男子偶然相遇……

江戸川亂步的
『與押繪一同旅行的男子』，
透過以『刀劍亂舞』
角色設計等作品聞名、
pixiv 追蹤人數超過二十一萬的
當紅插畫繪師しきみ的畫藝，
呈獻了這部嶄新的現代重製版。
超越時代、文豪與繪師的夢幻組合，
鮮活地在現代混搭融合。

乙女の本棚系列

『人間椅子』
江戶川亂步＋ホノジロトヲジ
定價：400元

在我的膝上，有各式各樣的人
不停輪流起立、坐下。

那是僅有觸覺、聽覺，
以及些許嗅覺的戀愛。
這是闇黑世界的戀愛。
絕不是這個世界的戀愛。
這就是惡魔之國的愛欲嗎？

江戶川亂步的〈人間椅子〉
遊走於壓抑與放肆的情感，
由人氣插畫家ホノジロトヲジ
以奇幻畫筆勾勒出
製椅工匠的越界人生！

乙女の本棚系列

『夜長姬與耳男』
坂口安吾＋夜汽車
定價：400元

值得喜愛的，一定是詛咒、或是屠殺、或是爭奪得來的啊。

經由師父的推薦，耳男獲得了為夜長姬雕刻佛像的機會。朝著遠離故鄉、那位小姐所居住的村子啟程的耳男，卻未能預料到在目的地等待著他的，會是一段殘酷且妖異詭譎的時光。

筆下的美麗作品洋溢著懷舊氛圍，引發關注熱潮的插畫繪師夜汽車，憑藉其充滿童話韻味的描繪技法，精妙地呈現出坂口安吾『夜長姬與耳男』作中的異色之戀。

超越時代、文豪與繪師的夢幻組合，鮮活地在現代精巧融合。

乙女の本棚系列

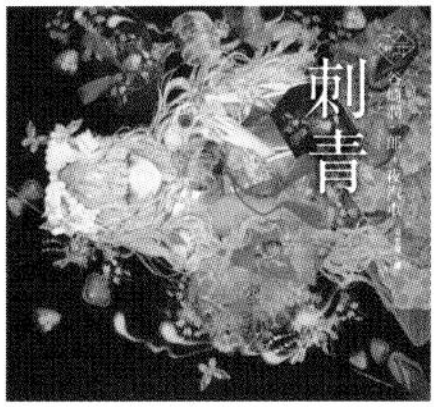

『刺青』
谷崎潤一郎＋夜汽車
定價：400元

長久以來，他夢寐以求的便是藉由手中的刺針，將自己的心魂傾注於某個貌美姑娘那光潔潤澤的肌膚上。

我在刺青中注入了自己的心魂，使妳變成真正的美女。從此以後，在這個日本國，沒有任何一個女人比妳更美。妳不必再像過去那樣畏畏縮縮的了。世上的每一個男人，都將淪為妳的肥料……

谷崎潤一郎的《刺青》，由擔任《夜長姬與耳男》的知名繪師夜汽車，以唯美細緻的筆調和鮮豔柔和的色彩，刻劃一場交織欲望與征服的異色傳奇。

乙女の本棚系列

『瓶詰地獄』
夢野久作＋ホノジロトヲジ
定價：400元

這座讓人愉悅的美麗島嶼，已經儼然成為地獄。

漂流到海濱的三封瓶中信，上頭的內容，是由一對遭遇船難的兄妹在無人島上度過的生活所堆砌而出。但是仔細端詳這三封信之後，卻在各種細節上，流露出諸多難以言喻的不協調感。

因經手『刀劍亂舞』的角色設計等經歷而廣為人知、創作許多插圖與漫畫的插畫繪師ホノジロトヲジ，夢野久作『瓶詰地獄』在其精湛的畫技展現下，以宛如夢囈般讓人窒息且瀰漫癲狂禁忌的孤島世界，在眾人眼前呈現。超越時代、文豪與繪師的夢幻組合，鮮活地在現代精巧融合。

乙女の本棚系列

『祕密』
谷崎潤一郎＋マツオヒロミ
定價：400元

普通的刺激早已不足為奇。
難道沒有能讓我興奮得發抖的、
那種不可思議的事物嗎？

心中揣者「祕密」，即便是司空見慣的嘈雜的公園夜景，在我眼中也變得新鮮有趣。不管走到哪裡和看到什麼，統統像是第一次遇到似地，感覺相當神奇。我瞞過眾人的眼睛、騙過明亮的燈光，成功將自己藏匿在濃豔的脂粉與綴綢的衣裳底下。只因為透過一層名為「祕密」的帷幔觀察外界，就連平凡的現實也像是染上了如夢似幻的奇妙色彩。

由熱愛和服及近代建築、活躍於書籍設計領域的插畫師マツオヒロミ，用細膩的筆觸刻劃出『祕密』那綺麗妖冶的異色風情。

乙女の本棚系列

『檸檬』
梶井基次郎＋げみ
定價：400元

我深深地吸了一口那帶著香氣的空氣。
先前從不曾如此深呼吸
讓空氣盈滿肺部，
一股溫熱血液的餘溫
攀上我的身體及臉龐，
總覺得身體中的活力
似乎有些甦醒。……

在經手梶井基次郎『檸檬』的
書籍裝幀及CD封面繪製等領域活躍，
受到廣泛世代支持的
插畫繪師げみ。
超越時代、文豪與繪師的夢幻組合，
鮮活地在現代混搭融合。

譯者

既晴

1975年生於高雄。畢業於交通大學，現職為IC設計工程師。曾以〈考前計劃〉出道，長篇《請把門鎖好》獲第四屆皇冠大眾小說獎首獎。主要作品有長篇《網路凶鄰》、《修羅火》，短篇集《感應》、《城境之雨》等，譯作有長篇《艋舺謀殺事件》、《乙女の本棚》系列：《與押繪一同旅行的男子》、《夜長姬與耳男》、《瓶詰地獄》、《人間椅子》。

國家圖書館出版品預行編目資料

非人之戀/江戶川亂步作；既晴譯. -- 初版. -- 新北市：瑞昇文化事業股份有限公司, 2023.11
96面；18.2x16.4公分

ISBN 978-986-401-675-4(精裝)

861.57　　112015193

TITLE

非人之戀

STAFF

出版　瑞昇文化事業股份有限公司
作者　江戶川亂步
繪師　夜汽車
譯者　既晴

創辦人 / 董事長　駱東墻
CEO / 行銷　陳冠偉
總編輯　郭湘齡
文字編輯　張聿雯　徐承義
美術編輯　謝彥如
國際版權　駱念德　張聿雯

排版　謝彥如
製版　明宏彩色照相製版有限公司
印刷　桂林彩色印刷股份有限公司

法律顧問　立勤國際法律事務所　黃沛聲律師
戶名　瑞昇文化事業股份有限公司
劃撥帳號　19598343
地址　新北市中和區景平路464巷2弄1-4號
電話　(02)2945-3191
傳真　(02)2945-3190
網址　www.rising-books.com.tw
Mail　deepblue@rising-books.com.tw

初版日期　2023年11月
定價　400元